Gunter und Siegfried

Stephan Milow

Gustav Eldrich war – man konnte nicht gerade sagen ein Unglückskind, aber er hatte kein Glück. Schon als Knäblein wurde er von seinen Kameraden bei ihren Spielen immer zur Seite geschoben und gar oft geprügelt; auch in der Schule konnte er, so brav er lernte, nicht recht emporkommen, und als er endlich mit ganz guten Zeugnissen über die absolvierte Realschule bei einem Eisenwerke eine Stelle fand, mußte er lange dienen, bis er eine für sein anspruchsloses Dasein halbwegs ausreichende Besoldung erhielt. Wie kam das? War er doch sowohl im Amte fleißig und verläßlich, als auch in jedem Betracht vorwurfsfrei und freundlich gegen jedermann. Da zeigte sich eben wieder die Macht oder vielmehr die Unmacht der Persönlichkeit. Mit seiner kleinen Gestalt und dem übergroßen Kopfe hatte Eldrich etwas Gnomenhaftes, nur daß ihm der lange Bart fehlte. Dabei war sein Gesicht, obwohl durch einen gewissen harmlosen, offenen Ausdruck und die sanften grauen Augen nicht ungefällig, doch höchst unbedeutend und seine Rede leise und einsilbig, wie er sich überhaupt in nichts recht zur Geltung zu bringen wußte. So entging dem ewig Stillen, Fügsamen, nicht nur das, was im Leben mit einer starken Hand oder gar Kralle erstritten sein will, sondern auch dort, wo er erwarten durfte, daß ihm von selbst sein gebührender bescheidener Teil zufallen müsse, kam er gewöhnlich zu kurz.

Da war sein Tischnachbar im Bureau, Sigismund Raff, ganz anders geartet. Ein ehemaliger Offizier, der in seiner militärischen Laufbahn gescheitert, hatte er sich doch oben erhalten. Dasselbe Eisenwerk bot ihm schnell ein Unterkommen, und obwohl er viel weniger wußte als Eldrich, wurde er doch viel höher geschätzt. Freilich waren es oft ganz besondere Dienste, für die man ihn benutzte, Dienste, die nicht so sehr Wissen wie Geistesgegenwart und ein sicheres Auftreten erforderten, zum Beispiel die Schlichtung von Beschwerden und Unruhen unter den Arbeitern. Da bewährte er sich immer aufs beste. Ein erfahrener Menschenkenner, wußte er ebenso im richtigen Augenblicke mit den Leuten nachgiebig zu sein, wie er, wenn es ihm gut schien, mit Erfolg den Strengen hervorkehrte, wobei ihn schon seine äußere Erscheinung sehr unterstützte. Er war auch hierin das Widerspiel Eldrichs: groß, schlank und breit gebaut, von lebhaftem, sprechendem Ausdrucke in den Zügen und mit einem dunklen Glutauge, das gar gebieterisch blicken konnte. Im übrigen hatte er den Leichtsinn seiner früheren Jugend überwunden und war allgemach, da er die Dreißig schon stark überschritten, ein gefesteter tüchtiger Charakter geworden.

Raff und der um sechs Jahre jüngere Eldrich hatten einander bald lieb gewonnen: besonders hing dieser an jenem mit ganzer Seele, denn der gereifte Kollege begegnete ihm nicht nur im Verkehre stets sehr freundlich, er war ihm dabei auch ein wahrhaft teilnehmender Berater, und Eldrich besaß außer einer alten Mutter die bei seiner kranken Schwester in der Ferne weilte, sonst niemand in der Welt, dem er hätte, wenn ihn etwas beschwerte, sein Inneres aufschließen mögen.

Das Eisenwerk, bei dem die beiden angestellt waren, ein Komplex von zahlreichen Gebäuden, lag nahe an einem großen Dorfe in einem mäßig breiten Tale, das hier in das von einem kleinen Flusse und der Eisenbahn durchzogene weitausgedehnte Haupttal mündete. Im Werke selbst wohnten nur der Direktor und die Tagesarbeiter. Raff und Eldrich hatten sich im Dorfe eingemietet. Nach getaner Arbeit gab es da für sie nicht viel Gesellschaft und Unterhaltung. Aber beide wußten sich zu helfen. Der lebenslustige, frische Raff flog, so oft es anging, in das Städtchen, das talaufwärts bald zu erreichen war, oder er besuchte die Beamten auf der nächsten Eisenbahnstation, mit denen er gut stand. Eldrich tat da nur selten mit, er fand jedoch dafür zu Hause genug Beschäftigung, indem er trachtete, die Lücken in seinem technischen Wissen auszufüllen, um vielleicht einmal vom Schreibtische wegzukommen und eine andere Stelle in dem Betriebe des großen Werkes zu erlangen. Freilich, manchmal wurde ihm die Vereinsamung in dem weltfernen kleinen Gebirgsneste doch fühlbar, besonders, wenn ihm auch noch Krankheit – und er hatte keine so kräftige Natur wie Raff – die Stimmung trübte. So war er gerade jetzt beim Eintritte des strengen Winters mehrere Wochen leidend gewesen.

Da erhielt er von seiner Mutter den folgenden Brief:

»Mein lieber, guter Gustel!

Wieviel hab' ich mich wieder in der letzten Zeit mit Dir beschäftigt! Ich glaube Dir ja gern, Deine Krankheit war nicht bedeutend und dergleichen ist jeder ausgesetzt; trotzdem – warum konnte ich nicht bei Dir sein? Aber Deine arme, schwer leidende Schwester, die meine Pflege braucht, hält mich fest. Und endlich kommt die Zeit, wo ich überhaupt nicht werde bei Dir sein können, weil ich schon hinüber bin. Darum solltest Du Dir endlich eine Frau nehmen, zu Deinem Besten, und sie wird es mit Dir auch gut haben. Du bist ja zum Ehemanne wie geschaffen. Also mache Dich dran! Und ich sage Dir auch, wo Du anpochen sollst. Ist es nicht wie ein Fingerzeig des Himmels, daß das Mädchen, das für Dich so prächtig passen würde, gerade vor kurzem in euerem Dorfe eingezogen ist? Regina Olfers ist ein sittsames, gutmütiges, wohlerzogenes Geschöpf – ich habe sie im vergangenen Jahre wiederholt im Kloster besucht – dabei gewiß auch hübsch genug, und zuletzt bringt sie Dir eine nicht unansehnliche Mitgift ins Haus. Du warst, wie Du und sie mir geschrieben, bis jetzt nicht einmal noch dort. Geh hin, lerne sie kennen und suche ihr zu gefallen. Ich weiß, daß sie von ihrer Tante, die wirklich unausstehlich ist, los will, und sonst steht sie allein in der Welt. Um so leichter wirst Du bei ihr Gehör finden. Also schlage meine Worte nicht in den Wind. Es gibt für Dich keine passendere Frau in der Welt. O, was für eine Freude hätte ich, wenn eines Tages von Dir die Nachricht käme: Ich bin mit Regina verlobt!

Gott sei mit Dir!«

Regina Olfers, von der die Mutter Eldrichs in ihrem Briefe sprach, war die Tochter eines ihr entfernt verwandt gewesenen Gutsverwalters, über die sie, seit ihre Eltern gestorben, mit besonderer Liebe wachte. Da es ihr zu ihrem Schmerze nicht möglich war, das damals kaum zwölfjährige verwaiste Kind ins eigene Haus zu nehmen, wurde es einem Kloster *du sacré coeur* zur Erziehung übergeben. Dort war es namentlich ein Lehrer, der, als Regina in die höheren Jahrgänge aufstieg, auf sie einen großen Einfluß übte: Pater Sylvester. Dieser noch junge und schöne Geistliche hielt Vorträge über die deutsche Literatur und hatte selbst ein bedeutendes poetisches Talent. Gar oft beklagte er, daß die deutschen Dichter so selten von der Liebe in ihrer wahren Größe und Reinheit, von der Liebe zu Gott, gesungen haben. Es schien auch, daß er diesem Übel abhelfen wollte; denn er hatte selbst einen Liederzyklus unter dem Titel »Gottesminne« drucken lassen. Diese Lieder, die an vielen Stellen eine tiefe Glut offenbarten, klangen eigentlich sehr weltlich, gerade so wie die anderer Dichter, nur erinnerte immer wieder eine Wendung daran, daß sie Gott galten. – Natürlich erweckte Pater Sylvester, der auch sehr fließend und lebhaft zu sprechen wußte, in seinen Zuhörerinnen helle Begeisterung, eine Begeisterung, die bei den meisten gewiß nicht unverfälscht »gottesminnig« war, um so mehr, als er es, vielleicht mit Rücksicht auf sein Publikum, bei seinen Auseinandersetzungen nicht an manchen, allerdings sehr mystischen Andeutungen fehlen ließ, wie man mit der Gottesminne die irdische vereinen könne; diese müsse nur, nicht von vergänglichem irdischem Reize geblendet, zuletzt immer in Gott münden. Regina lauschte ihm stets mit großer Andacht; sie glaubte auch den Geist seiner Lehre ganz gefaßt zu haben und setzte sich vor, danach zu leben. So war das Mädchen, das jetzt, achtzehn Jahre alt, in das Haus ihrer Tante kam. Diese Tante besaß im Dorfe ein namentlich von den vielen Arbeitern des nahen Eisenwerkes stark besuchtes Schnitt- und Spezereiwarengeschäft. Auf die Vermittlung von Reginas Vormund nahm sie sie gern bei sich auf, nicht aus Liebe oder weil sie von ihr eine große Hilfe erwartete, denn sie wußte, daß sie nicht dafür erzogen war; sondern weil Regina über eine hübsche Rente verfügte, mit der sie alles, was sie brauchte, gut bezahlen konnte. Regina hinwieder, die die Zurückgezogenheit und Stille suchte, hatte sich nichts sehnlicher gewünscht als so einen ländlichen Aufenthalt in einem Gebirgsdorfe. Trotzdem und so sanft und duldsam sich das Mädchen gab, entstanden schon gleich im Anfange zwischen den beiden starke Trübungen. Die Tante vergaß immer wieder, daß Regina eigentlich nur ihr Gast war, und fuhr sie oft herrisch an, weil sie es nicht begriff, daß sie sich stets nur in ihre Erbauungsbücher versenkte, statt da und dort im Hause zuzugreifen. Und doch hätte sie sich vielleicht bei einer liebevollen Anleitung ganz gut dazu angeschickt. Die Mutter Eldrichs, die mit Regina in lebhaftem brieflichem Verkehre stand, hatte, was da vorging, bald durchschaut, obwohl das Mädchen gegen sie nie in eine Klage ausbrach.

Das war der Stand der Dinge, als Eldrich von seiner Mutter angespornt wurde, sich um Regina zu bewerben. Nun, er war ein gehorsamer Sohn und schlug die Worte, die sie ihm geschrieben, keineswegs in den Wind. Sie verlangten ja auch gar nichts von ihm, was ihm etwa widerstrebte. Regina Olfers, die er bis jetzt nur einmal flüchtig im Dorfe gesehen hatte – von früher her kannte er sie nicht – gefiel ihm sehr gut, und wenn er auch gar zaghaft in seinem Wesen war, so daß seine Lebensgeschichte noch keinerlei bewegten Liebesroman aufwies, ein Weiblein hätte er schon gern heimgeführt. Er putzte sich also eines Tages auf das sorgfältigste heraus und machte bei der Tante des Mädchens, die er natürlich in ihrem

Gewölbe schon längst kennen gelernt hatte, eine förmliche Staatsvisite, indem er die verwandtschaftlichen Beziehungen seiner Mutter zu Regina betonte und vorgab, daß er an sie einen schönen Gruß auszurichten habe.

Die Tante empfing ihn nicht unfreundlich, das gebot ihr schon ihre Stellung als Verkäuferin dem Kunden gegenüber; aber da sie viel zu tun hatte und sein Besuch ja doch eigentlich nur Regina galt, rief sie diese gleich herbei und ließ die zwei allein, was ihm auch ganz recht war, obwohl ihn plötzlich das Bangen überkam, dem bedeutsamen Augenblicke nicht gewachsen zu sein.

Wie jetzt die beiden in dem freundlichen Zimmer einander gegenübersaßen, konnte er sie erst genau betrachten. Eine zarte Gestalt, ein Gesicht, das ihm, wenn es vielleicht auch ein anderer nicht schön genannt hätte, doch einen unendlich gewinnenden Eindruck machte, mit milden, weichen Zügen und gut blickenden blauen Augen. Ihr reiches blondes Haar trug sie ohne alle Kunst schlicht gescheitelt. Und so sanft sie aussah, so sanft war sie in ihrer Weise. Weniger verlegen als er, erkundigte sie sich zuerst nach seiner Mutter und dann richtete sie an ihn die Frage, wie er hier zufrieden sei. Es füge sich doch eigen, bemerkte sie dazu, daß sie nun in dem Orte eine Zuflucht gefunden habe, wo er wohne.

Eldrich war ganz bezaubert, und obwohl er nur wenig und, wie ihm schien, recht Nichtssagendes gesprochen hatte, schied er nach einem Viertelstündchen doch mit der stillen Hoffnung von ihr, daß auch er auf sie keinen schlechten Eindruck gemacht habe: darin bestärkte ihn noch besonders ihre freundliche Erlaubnis, wiederzukommen, wenn er nichts Besseres zu tun wisse.

Und er kam bald wieder. Freilich nicht gleich zu ihr ins Haus, er schlich nur manchmal an ihren Fenstern vorüber, wobei er fast immer das Glück hatte, einen Blick von ihr zu erhaschen. Ja, so aus der Ferne zu schwärmen, darauf verstand er sich gut. Dann aber wagte er es gar, wenn sie in dem kleinen Garten hinter dem Hause war, ab und zu an der Umzäunung stehen zu bleiben, um ein paar Worte mit ihr zu plaudern. Nur ein paar Worte; hätte sie ihm denn ein längeres Verweilen nicht mißnehmen können? Und er brachte ja auch gar nicht mehr heraus; denn obwohl es ihn fortwährend zu ihr drängte: wie er ihr Aug' in Auge gegenüberstand, fühlte er sich so beklommen, daß es ihm die Rede verschlug. War er schon ganz im Banne der Liebe?

Es herrschte jetzt ein mildes, sonniges Märzwetter, das den Winterschnee schon völlig weggeschmelzt hatte. Da sah er wieder einmal Regina in ihrem Gärtchen auf und ab gehen – es war drei Wochen nach seinem ersten Besuche – und als er sich ihr näherte, kam sie ihm an der Gattertür entgegen.

Auf seinen Gruß machte sie eine einladende Handbewegung.

»So darf ich?« fragte er, und ihm klopfte das Herz.

»Ja, bitte, wenn Sie nicht etwa Eile haben.«

Er trat ein, und sie reichten sich die Hände. Aber da er ihr ins Auge blickte: war es nicht trüb verschleiert, ja etwa gar verweint?

In der Tat, sie hatte soeben im stillen Tränen vergossen, und die Spuren davon waren noch sichtbar. Ach, daß die Tante mit ihr so unzufrieden war! Sie schalt sie nicht mehr, aber Regina merkte es ihr an; das traf sie schon schwer genug, sie war ja sehr empfindsam und brauchte nicht erst gerüttelt zu werden.

Eldrich war über ihren Anblick etwas aus der Fassung gebracht. »Stör' ich vielleicht doch?«

»Nein, kommen Sie nur!« Und sie wandte sich, um ihn weiter in den Garten nach dem Lusthäuschen zu führen, das, noch nicht von sprossenden Ranken umschlungen, den Blick frei durch die gitterartigen Holzwände dringen ließ.

Hier setzten sie sich nieder.

Er kämpfte mit seiner Verlegenheit. Wieder die alte Not! Und doch hatte er sich, da sie ihm so hold begegnete, fest vorgenommen, ihr bei der nächsten Gelegenheit sein Herz zu eröffnen. Endlich sagte er: »Sie sind so freundlich gegen mich, und ich, wie Sie sehen, nütze das stark aus –«

Er stockte und sie, ernst das Auge gesenkt, half ihm nicht gleich weiter. Doch jetzt blickte sie ihm ins Gesicht, wobei sich ihre Miene erheiterte. »Müssen Sie mir nicht schon als der Sohn Ihrer guten Mutter willkommen sein?« entgegnete sie. »Wieviel hab' ich ihr zu danken! Mir ist auch, als seien Sie gerade in diesem Augenblicke erschienen, um mich meinen schmerzlichen Gedanken zu entreißen. Es tut ja so weh, sich mit seinen Nächsten nicht im Einklange zu wissen. Und was will ich denn? Nichts als still auf dem Erdenfleckchen, das mich trägt, meine Tage leben.«

Eldrich horchte auf. Das Vertrauen zu ihm, das ihm diese Worte verkündeten, beglückte ihn, so wenig erfreulich sonst ihr Inhalt klang. Wohin aber dieser Inhalt zielte, das hätte er gar nicht erraten, wäre er nicht durch seine Mutter über die Haltung der bösen Tante unterrichtet gewesen.

Er gewann nun Mut. »Wer könnte Ihnen Ihre Tage verkümmern wollen?« rief er in entschiedenem Tone. »Mir ist das unfaßlich. Und steht es nicht bei Ihnen, sich von dem Drucke, der auf Ihnen lastet, zu befreien?«

»Wie denn? Das ist eine Prüfung des Himmels, die ich bestehen muß.«

Da wurde er deutlicher. »Ich weiß es wohl, Ihre Tante - sie ist ja in der ganzen Umgegend als sehr scharf bekannt - aber müssen Sie denn ewig bei ihr bleiben?« Er blickte warm in ihr gutes Auge, und da sie diesem Blicke nicht auswich, wollte ihm das Herz überwallen. Tief atmend hielt er inne; dann fuhr er, da sie schwieg, fort: »Wir kennen uns nicht lange, das heißt ich, ich kenne Sie lange genug, um zu wissen, daß -« Und wieder versagte ihm die Stimme.

Aber sie, so wunderbar lieblich lächelnd und dabei so ruhig, sprach jetzt: »Wird es Ihnen so schwer, was Sie mir sagen wollen? Oder soll ich es erraten?«

Was war das? Hatte da am Ende schon seine Mutter vorgearbeitet? Er schrieb ihr ja gleich nach seinem ersten Besuche von dem Erfolge, den er glaubte bei Regina gehabt zu haben. Sollte schon sie als Werberin für ihn aufgetreten sein, um es ihm zu erleichtern? Das sah ihr allerdings ähnlich. Wenn es aber so war, dann lag in dem ganzen Wesen Reginas auch schon eine günstige Antwort. Das machte ihn vollends kühn: »Fräulein - Regina - ja, es wird mir schwer. So erraten Sie es: Sie werden doch nicht immer so allein und verlassen in der Welt stehen wollen, und ich - o wie glücklich wäre ich -!«

Jetzt wurde sie wieder ernst. »Ich verstehe Sie; aber ich kann Ihnen nicht ja sagen, ehe ich Ihnen genau mein Inneres enthülle und Sie mir ein feierliches Gelöbnis ablegen. Sie wissen, ich bin im Kloster erzogen worden. Das betrachte ich als einen Segen. Dadurch bin ich allen Weltfreuden abgewandt, nicht als eine, die sich die Entsagung abgerungen, sondern als eine still Beseligte. Werden Sie sich dem beugen? Werden Sie meine Gefühle immer schonen?«

Er war etwas verblüfft und wußte nicht recht, was er aus ihren Worten machen sollte. Ihre Gefühle schonen! Schont nicht jeder aufmerksame, liebende Gatte die Gefühle seiner Frau? Das wollte er gewiß. Aber er gab ihr doch keinen Anlaß, ihm das besonders zu empfehlen. Auch waren weltliche Lustbarkeiten gar nicht seine Sehnsucht, und er teilte ganz ihre Neigung zu stiller Abgeschlossenheit.

Da er lange nichts erwiderte, fuhr sie fort: »Von Ihnen glaube ich es, und darum würde ich es wagen, Ihr Leben mit dem meinen zu verknüpfen. Wir wollen in unserer Weise glücklich sein, gewiß nicht weniger als die anderen. Aber noch einmal: Sie versprechen mir, nie etwas von mir zu begehren, was den Vorsatz, den ich schon vor langem gefaßt und im inbrünstigen Gebete bei mir befestigt habe, umstoßen wollte. Stimmen Sie zu, dann haben Sie mein Jawort.«

Ihm schwindelte. Er hatte ihr Jawort, so schnell, da er sie nur einigemal gesprochen! War das zu fassen? Aber was sollte denn das wieder: ihr Vorsatz, den er nicht umstoßen durfte! – Zuletzt dachte er nichts anderes mehr, als daß sie sein Weib und sein ganzes Leben ein anderes werden solle. Bebend streckte er ihr die Hand entgegen.

»Also, Sie geloben mir's?«

»Was könnten Sie von mir verlangen, das ich Ihnen nicht gelobte? Ja!«

Sie legte ihre Hand in die seine. »So sind wir Verlobte. Und die Zuversicht hab' ich, daß ich auf Ihr Wort bauen kann.«

Er neigte sich nieder und küßte ihre Hand, auf die Gefahr hin, daß es ein Vorübergehender sehen konnte.

Dann erhoben sich beide.

Sie sagte noch: »Schreiben Sie Ihrer Mutter, und ich schreibe meinem Vormunde. Die Tante soll auch gleich erfahren, was wir beschlossen. Über alles Nähere können wir ja noch viel miteinander sprechen.«

Darauf wandte sie sich in das Haus, und er stürzte davon.

Eldrich fühlte jetzt nur ein namenloses Glück. Er, dem bis nun auch die Liebe keine Rosen gebracht, hatte sich – und wie schnell! – dieses so holde, ernste, edle Mädchen gewonnen. Wie kam denn das? Gefiel er ihr so besonders? Ja, gewiß gefiel er ihr, aber vielleicht eben nur, weil er nicht als heißerglühter, stürmisch Liebender auf sie eindrang, und sie in ihm den Mann erblickte, der sich ihr immer fügen, sich ganz ihrer eigenen Leidenschaftslosigkeit anpassen werde. Nur ein solcher Mann mußte es sein, mit dem sie eine Ehe eingehen konnte.

Der Vormund Reginas gab, nachdem er über Eldrich genaue Erkundigungen eingeholt, gern seine Zustimmung zur Verlobung des Paares, die denn auch unverzüglich bekannt gemacht wurde.

Das war für Raff eine große und freudige Überraschung. Er drückte seinem Freunde herzlich die Hand und sagte zu ihm: »Du bist ja ein Tausendsasa. Das hätte ich dir nimmermehr zugetraut. Sich so im Sturme die Braut zu erobern! Und sie gefällt mir sehr gut; soviel ich bemerken konnte, ein still in sich gekehrtes Geschöpf, wie für dich geschaffen.«

Eldrichs Mutter vernahm die Kunde von dem Ereignisse vollends mit hellem Jubel. Nicht so die Tante Reginas. Zwar ward sie das Mädchen, mit dem sie nichts Rechtes anzufangen wußte, gern los; aber die Einnahme, die ihr durch die bevorstehende Trennung entging, gab sie doch schwer preis.

Inzwischen wurden die Vorbereitungen zur Hochzeit eifrig betrieben, damit sie recht bald stattfinden könne. Regina offenbarte sich in dieser Angelegenheit ganz wunderbar entschieden. Es fügte sich auch glücklich, daß Eldrich im Dorfe sogleich eine äußerst freundliche Wohnung fand, ein kleines Haus in einem Garten, das der Eigentümer gerade vor kurzem zum Vermieten hergerichtet hatte. Dort sollte das junge Ehepaar einziehen. Im übrigen bat Regina ihren Bräutigam um eine ganz stille Trauung, und sie fügte mit rührendem Blicke bei: »Keine Hochzeitsreise!« Nur nach Mariazell wollte sie, um dort ihren Bund noch einmal einsegnen zu lassen, und dann auf kurzen Besuch zu seiner Mutter. Damit genug. Eldrich stimmte allem zu.

Und so führte der selige Bräutigam schon eines Tages im Mai seine geliebte Braut in der alten kleinen Dorfkirche zum Altare. Die Trauzeugen und besonderen Freunde aus dem Eisenwerke waren zugegen. Aber es gab nachher kein Festmahl; das junge Paar fuhr gleich zur nächsten Eisenbahnstation und von da nach Mariazell.

Eldrich war schon den vierten Tag nach seiner Vermählung mit seiner Frau wieder zurückgekehrt und erschien auch gleich in seinem Bureau.

Freund Raff beglückwünschte ihn aufs neue. »Also richtig keine Hochzeitsreise!« rief er dann. »Eigentlich habt ihr recht. Ein dummer Brauch! Warum denn nicht gleich ins häusliche warme Nest? Aber ins Amt wäre ich nicht so schnell gekommen.«

Eldrich entgegnete nichts und machte ein höchst seltsames Gesicht, so daß sein Freund erstaunte.

»Ja, was ist denn das? Ich will nicht unzart sein, aber du siehst nicht wie ein Neuvermählter aus, der die erste Flitterwoche genießt.«

Eldrich schwieg noch immer, den Blick niedergeschlagen.

»Am Ende schon ein kleiner ehelicher Zwist? Das wäre mir doch gar zu früh.«

»Nein, ein Zwist gerade nicht.«

»Also? Doch, so gut wir zueinander stehen, Gott behüte, daß ich in dich dringe.«

»Du sollst's erfahren. Wem klag' ich denn mein Leid, wenn nicht dir?«

»Dein *Leid*? Ich bin gespannt. Nun?«

Eldrich schien noch mit sich zu kämpfen oder nach dem rechten Worte zu suchen. Endlich sagte er: »Ich habe eine Frau und habe keine.«

Raff sah ihn groß an. Dann lachte er laut auf. »Versteh' ich dich?«

Der andere zuckte die Achseln.

»*Non consummatum est!* Du weißt doch, was dieses lateinische Wort sagt?«

Eldrich nickte ein Ja.

»Und ist's das? Hab' ich's erraten?«

»Ja.«

»Aber wie denn? Warum? Die Sache wird immer heikler. Das kann ja verschiedene Gründe haben.«

»Wie? An mir liegt's nicht. Aber so liebevoll und aufmerksam sie gegen mich ist; sobald ich mich ihr vertraulicher nähere, sagt mir ihr ganzes Wesen: Bis hieher und nicht weiter!«

Raff kam wieder das Lachen an. »Das ist nicht ihr Ernst. Du mußt entschiedener sein. Und hast du ihr nicht gesagt, daß du dich, wenn sie so ist, von ihr scheiden lassen kannst?«

»Nein, das hab' ich ihr nicht gesagt. Sie ist ja sonst ein Engel, und ich wäre ein Wortbrüchiger gewesen, denn ich habe ihr, bevor sie mir ihr Jawort gegeben, versprochen, mich ihr in allem zu fügen.«

Raff fühlte nun mit seinem Freunde fast ein Mitleid. Da stand er vor ihm ganz wie sonst im Leben als der Geduldige, Ergebene, der sich überall hinschieben läßt, sich gegen nichts auflehnt. Und das war doch auch zu boshaft vom Schicksale. Einmal schien er Glück zu haben, bei seiner Werbung um eine Frau, und auch dieses Glück narrte ihn! Im Inneren völlig aufgebracht, fuhr Raff nach einer Pause mit den Worten heraus: »Ah was! Unsinn! So etwas verspricht man hundertmal, aber selbstverständlich hält man sein Wort nicht. Ich an deiner Stelle hätte meiner Erwählten auch nicht vor, sondern erst nach der Hochzeit den Kopf zurechtgesetzt.«

»Ja, du!« seufzte Eldrich.

»Auch du kommst ans Ziel. Das wäre nicht übel. Sei nur ein ganzer Mann und wecke das Weib in ihr auf. Sie hat dich ja gewiß gern, vielleicht ist sie auch nicht so temperamentlos; aber sie hat sich in exaltierte Ideen verrannt. Das kommt von ihrer Erziehung, und du mußt es ihr austreiben. Schwebt sie in Ätherhöhen, fasse du sie fest bei der Hand und führe sie auf die Erde zurück. Erkennt sie dann, daß es auch da Schönes zu holen gibt, hast du sie ganz für immer.«

Das Gespräch wurde jetzt abgebrochen, und die beiden gingen an ihre Arbeit.

Auch in den nächsten Tagen wurde von ihnen die heikle Angelegenheit mit keinem Worte berührt; aber Raff, der seinen Freund aufmerksam beobachtete, merkte an ihm nicht die Veränderung, die er mit Ungeduld erwartete. Offenbar war er bei seiner Frau noch nicht weiter gekommen. Da sagte er ihm endlich eines Morgens, indem er ihm vertraulich auf die Schulter klopfte: »Mein Gustel, ich seh' es dir ab: du leidest noch immer an dem alten Weh'!«

»Und werde wohl ewig daran leiden. Ach, was soll ich denn tun? Daß du sie nur sähest, wie sanft und gut sie ist und wie sie mich bittet, ihr ja nicht das Glück, das sie an meiner Seite genießt, zu zerstören! Und ich hab' ihr's versprochen. Das, wenn sie nicht selbst einlenkt, zurückzunehmen und ihr etwa mit scharfen Drohungen beikommen zu wollen, widerstrebt nun einmalmeiner innersten Natur. Es wäre ja auch ein garstiges Unrecht.«

»Also willst du mit deiner Frau fortwährend in einer Gemeinschaft leben, die gewiß ohne Beispiel ist?«

»Ich will nicht, ich muß.«

Da stieg in Raff plötzlich ein Gedanke auf. Seine Züge belebten sich und seine Augen blitzten. Er ging jetzt zum Tische Eldrichs, faßte ihn bei beiden Händen und indem er ihn lange warm anblickte, sagte er: »Du hältst mich doch für deinen wahren Freund und vertraust mir vollkommen?«

»Ja, gewiß!« Und Eldrich erwiderte mit einem rührend schmerzlichen, weichen Ausdrucke in der Miene den Blick des Freundes.

»Nun denn, ich habe einen Plan. Übergib mir deine Frau zur Kur, das heißt, gewähre mir ihr gegenüber freie Hand. Gesprochen hab' ich sie schon; ich werde mich nun mehr um sie bemühen, werde – doch das ist meine Sache. Im voraus verrat' ich dir nichts. Weiß ich ja selbst noch nicht, wie ich's anstelle. Das wird auch von den Umständen abhängen. Kurz, laß mich machen. Ich denke, du hast bei dem Spiele nichts zu verlieren, und ich kann mich höchstens blamieren. Gelingt es aber, dann – sobald die Zeit da ist, empfängst du deine Frau als eine Präparierte und Bekehrte wieder, auf daß sie dir regelrecht angehöre.«

Eldrich, nicht wenig verblüfft, wußte sich diese Worte nicht zurechtzulegen, aber er wandte nichts dagegen ein.

»Also topp! Abgemacht!« Raff schüttelte die Hände des Freundes und ließ sie dann los. »Ich werde von nun an trachten, nicht nur dein *Amts*freund, sondern auch dein *Haus*freund zu sein. Du aber sei blind und ja nicht am Ende eifersüchtig. Davon soll keine Rede sein. Noch einmal: ich zähle auf dein volles Vertrauen; nur in dieser Voraussetzung hab' ich dir den Pakt angetragen. Und jetzt genug! Morgen mache ich bei deiner Frau meine Aufwartung.«

Richtig: gleich den nächsten Tag erschien Raff bei Frau Eldrich. Er wurde freundlich aufgenommen – sie wußte ja, daß er ein Kollege und besonderer Freund ihres Mannes sei – aber alle seine Versuche, dem Gespräche eine leichtere Wendung zu geben und in ihr etwas Leben anzufachen, blieben vergeblich; sie antwortete immer nur kurz auf seine Worte, recht paffend und verständig, ohne jedoch das Geringste von ihrer Seite zu der Unterhaltung beizutragen, so daß er es bald für gut fand, sich zu empfehlen.

Nach diesem nicht sehr hoffnungsreichen Anfang bat er den Freund, ihn einmal für den Abend zu sich ins Haus zu laden. Das ließ sich wieder nicht tun. Eldrich begegnete dem entschiedenen Widerstande seiner Frau; sie wollte von keiner Gesellschaft etwas wissen. Raff wurde nun schon etwas bedenklich. Hatte er sich zu viel zugemutet? Da fiel ihm endlich ein, daß Frau Eldrich während der Amtsstunden ihres Mannes gern den von zahlreichen Promenadewegen durchzogenen Wald, der zu dem Besitzstande des Eisenwerkes gehörte, aufsuchte. Dort gab es ja viele schöne Plätzchen, wo man namentlich vormittags sicher war, niemand zu treffen. Also in dieses Revier beschloß Raff seine Annäherungsversuche zu verlegen.

Kurze Zeit darauf – es war am Morgen eines herrlichen Junitages – sah er vom Schreibtische seines Bureaus Frau Eldrich waldwärts schreiten, ein Buch in der Hand. Da sprang er auf und sagte zu dem neben ihm sitzenden Freunde: »Ich muß jetzt auf ein Weilchen fort. Entschuldige mich bei unserem Chef, falls er nach mir fragt. Sag' ihm, was du willst!«

Er griff nach seinem Hute, und ehe der erstaunte Eldrich eine Frage an ihn richten konnte, war er fort. Aber er wollte klug sein, nicht etwa auffällig seiner Beute nachjagen, sondern er machte einen großen Bogen, um auf einer anderen Seite in den Wald, wo er jeden Weg und Steg kannte, einzutreten und wie ein ahnungsloser Schlenderer der Frau Eldrich zu begegnen.

Und das gelang ihm auch. Nachdem er eine Weile die verschiedenen Wege entlang vor sich hin ausgelugt hatte, entdeckte er die Gesuchte in der Ferne an einem Tische sitzend, ganz in ihr Buch vertieft. Er ging auf sie zu. Ordentlich erschrocken fuhr sie zurück, als er vor ihr stand und grüßte.

»Ah, Sie genießen den schönen Morgen!« sagte er.

Sie erwiderte mit einem leichten Nicken seinen Gruß, ohne etwas zu sagen.

Das war nicht ermunternd, aber er trat ihr doch näher und beugte sich über ihr Buch. »Darf man wissen, was Sie lesen?«

Sie hielt ihm den Titel hin.

»Thomas a Kempis. Von der Nachfolge Christi! Ich habe, offen gestanden, das Buch nicht gelesen, nur darin geblättert; aber ich weiß, wie berühmt es ist. Ohne Zweifel eine sehr edle, erbauliche Lektüre. Trotzdem staune ich. Ich glaube, nicht auf hundert Meilen im Umkreise wird es wieder eine Frau geben, die sich dieses Buch als Begleiter in den Wald mitnimmt. Da hätte ich eher erwartet, eines der Werke, die nach der letzten Zählung am meisten in den Leihbibliotheken verlangt werden, in Ihren Händen zu finden.«

»Solche Bücher lese ich nicht.«

»Nun, da haben Sie auch ganz recht. Das sage ich aus Erfahrung, als ein Gewitzigter. Ich wette, Ihr Thomas a Kempis wäre mir weniger langweilig als manches dieser so verschlungenen Bücher.«

Sie machte ein sehr ernstes, mißbilligendes Gesicht.

Er merkte auch gleich, daß er da etwas recht Ungeschicktes gesagt hatte. Wie konnte er Thomas a Kempis mit der Langweile in Verbindung bringen? »Mißverstehen Sie mich nicht,« fügte er seinen Worten rasch hinzu. »Natürlich hat so ein ehrwürdiges Buch überhaupt nichts mit dem Geiste moderner Schöpfungen gemein; aber ich glaube, für den hohen Ernst und die Erbauung muß man auch in der besonderen Stimmung sein. Fehlt diese, so bleibt die Wirkung aus, und wo keine Wirkung, dort Langweile.«

Obwohl er nun schon ziemlich lange gesprochen, hatte sie ihn doch nicht aufgefordert, sich niederzulassen. Da sagte er selbst: »Sie erlauben, daß ich nur ein paar Minuten ausruhe. Ich komme von weit her. Aber ich störe Ihre Einsamkeit gewiß nicht lange.« Und er setzte sich auf die Bank, die ihr gegenüberstand. Sie hatte für ihn noch immer kein aufmunterndes Wörtchen; aber sie legte doch das aufgeschlagene Buch vor sich auf den Tisch, gleichsam stumm entgegnend: Nun, so sei's!

In diesem Augenblicke ereignete sich etwas höchst Artiges, wenigstens fand es Raff so. Frau Eldrich hatte das Buch kaum ausgelassen, als von den Baumzweigen, die sich über den Tisch neigten, ein Käferpärchen niedersauste. Da zappelte es mit den Füßen auf dem Buchblatte und schlug heftig mit den Flügeln. Man wußte nicht, wollte es sich trennen oder strebte es inniger zueinander; aber gar bald blieb es ruhig beisammen. Frau Eldrich wollte im ersten Momente die Tierchen schnell mit einer Handbewegung verscheuchen; dann jedoch hielt sie ein und ward über und über rot, während sie den Blick niederschlug.

Raff, der alles beobachtet hatte, lächelte. Jetzt flog das Pärchen, noch immer fest vereint, davon. »Eine kleine Idylle!« sagte er. »Ja, jetzt treibt und drängt alles rings, neues Leben will werden. Das ist auch von dem so eingerichtet, der jedes Einzelschicksal leitet und ohne dessen Wissen kein Sperling vom Dache fällt.« Er machte eine Pause und blickte sie an. Sie aber hatte das Auge noch immer zu Boden gerichtet. Endlich fuhr er fort: »Zürnen Sie mir nicht, gnädige Frau, wenn ich es ausspreche: Sie sind mir zu ernst, zu kopfhängerisch. Eine blutjunge Frau, die eben erst mit dem Erwählten ganz eins geworden, das süße Glück der Liebe genießt, jener Liebe, deren Puls gerade jetzt in Gottes Schöpfung so mächtig pocht! Da sollte Ihr Auge anders leuchten und – noch einmal Ihr Thomas a Kempis in allen Ehren! – Sie sollten auch nicht gerade jetzt zu ihm flüchten.«

Diese Beschwörung schlug aber fehl. Es regte sich in ihr jetzt etwas wie Stolz. Sie grollte Raff nicht, sie bedauerte ihn nur, daß er so wenig fähig war, sie zu verstehen, und sie dachte an Pater Sylvester. Plötzlich fand sie auch die Sprache: »Ja, Sie reden wie die anderen, aber ich bin nicht wie die anderen. Muß denn jedes Glück für den Beobachter gleich aussehen? Und wer hat es zu werten? Der außen steht oder der es in seinem Inneren trägt? Ich bin glücklich, ganz, ohne Einschränkung, in *meiner* Weise.«

So hatte sie doch endlich den Mund geöffnet, ja sich während des Sprechens fast ereifert! Das war ihm schon viel. »Weisen Sie mich nur ohne weiters in meine Schranken,« entgegnete er. »Woher nehme denn ich das Recht, so in Sie zu dringen? Und wenn der Mann, mit dem Sie für das Leben verbunden sind, ebenso glücklich ist wie Sie – und wie sollte er es nicht sein? – dann ist's geradezu ein Frevel von mir, an Ihnen zu rütteln.«

Bei seinen letzten Worten blickte Frau Eldrich etwas betroffen auf. Raff entging das nicht. Genug für heute! dachte er und erhob sich. »Es ist die höchste Zeit, daß ich Sie von meiner Gegenwart befreie. Alle guten Geister seien mit Ihnen!« So verließ er sie, nachdem er ihr noch die Hand gereicht.

Raschen Schrittes eilte er durch den Wald in sein Bureau zurück. Er war mit dem Erfolge dieser Zusammenkunft, wenn er dabei auch noch nichts erreicht hatte, doch nicht unzufrieden. Da durfte man ja nicht mit der Tür ins Haus fallen. Daß er sie nur dazu gebracht, ihn anzuhören, und daß sie selbst nicht stumm geblieben! Ein anderes Mal wollte er weiter vordringen.

Und sie? Vergebens suchte sie sich eines gewissen Eindruckes, den er auf sie gemacht und der für sie etwas Unheimliches hatte, zu erwehren. Sie sagte zu sich: Er ist vielleicht nicht ganz unbedeutend, aber im Grunde doch wie die anderen, ein Weltkind! Und sie pries im Geiste ihren Gustav. Wie richtig hatte sie den auch sogleich erkannt! Ja, der war für sie bestimmt, der und sonst keiner! – Nur von dem, was Raff zuletzt gesprochen, kam sie nicht so schnell los. »Und wenn der Mann, mit dem Sie für das Leben verbunden sind, ebenso glücklich ist, wie Sie – und wie sollte er es nicht sein?« Freilich, wie sollte er nicht? So fragte auch sie. Und doch fürchtete sie, er war es nicht. Mit keinem Worte mehr verriet er ihr einen Wunsch, der sie in den ersten Tagen ihrer Ehe arg bedrängt hatte; er ging jetzt nur in liebender Aufmerksamkeit und Sorge für sie auf, anscheinend ganz ihr eigenes Gefühl teilend, trotzdem fiel ihr in seinem Wesen etwas allzu Stilles, Gedrücktes auf, das sie beunruhigte. Wie kam auch Raff dazu, diese Frage aufzuwerfen? »Wenn Ihr Mann ebenso glücklich ist wie!« Sie sann und sann. – Endlich wollte sie sich wieder in ihren Thomas a Kempis versenken. Aber das ging heute nicht mehr; ihre Gedanken schweiften immer wieder von dem Buche ab.

Raff sah nun Frau Eldrich durch längere Zeit nur flüchtig. Wenn er ihr im Dorfe begegnete, drückte er ihr die Hand und wechselte mit ihr einige Worte; im übrigen schien sie ihm auszuweichen. Als er wieder einmal bei ihr vorsprechen wollte, ließ sie sich verleugnen. Und er sah sie auch gar nicht mehr in dem Walde, der zum

Eisenwerke gehörte, gehen. Wählte sie einen versteckten Weg, der abseits von seinem Bureau durch einen anderen Taleinschnitt führte? Er hätte ihr gern nachgespürt; aber er mußte ja alles Auffällige vermeiden. So hielt er sich zunächst tatlos still und wartete. – Inzwischen trug sein Freund Eldrich in seinem Gesichte noch immer sein zweifelhaftes Eheglück zur Schau; er brauchte ihn gar nicht zu fragen, wie es in diesem Punkte stehe. Da wurde ihm endlich das Warten zu lange; er beschloß, wieder zu handeln und mit Anwendung einer anderen Taktik schnurstracks auf sein Ziel loszusteuern.

Ein günstiger Zufall kam ihm auch sehr bald zu Hilfe.

Eldrich war in Geschäftsangelegenheiten für den Werksherrn auf ein paar Tage verreist und sollte heute abend zurückkehren. Sein Freund Raff hatte sich aufgemacht, um ihn auf der Eisenbahnstation, die eine kleine Wegstunde vom Dorfe entfernt lag, zu empfangen. Die schon eingetretene Sommerhitze war gerade heute durch ein Gewitter in der vergangenen Nacht stark gedämpft, und ein erfrischender Hauch wehte von den Bergen nieder, während er rüstig dahinschritt. Aber was sah er da, als er von der Höhe einer kleinen Terrainwelle die Aussicht über die weite Talebene gewann? Zwischen den Feldern ziemlich fern ging eine weibliche Gestalt – ja, das war sie, Regina Eldrich, und – an einer Leine führte sie einen kleinen Hund. Unwillkürlich blieb er stehen, um sie zu beobachten und er konnte es gut, denn sie hatte ihm den Rücken zugekehrt. Das war für sie ein Gang mit Hindernissen. Der Hund wollte seiner Herrin nicht gehorchen; bald hielt er an und war mit allem Zerren nicht vorwärts zu bringen, bald wieder sprang er vom Rain in das Feld nebenan und mußte mit Gewalt zurückgerissen werden. Nachdem dieser Kampf eine Weile gedauert, hob Frau Eldrich ihren widerspenstigen Begleiter vom Boden auf und trug ihn auf den Armen weiter. Das schien ihr aber endlich auch zu viel zu werden; sie setzte ihn wieder nieder, und das alte Spiel begann. Doch wohin wollte sie denn? Ihrem Manne entgegen? Dann war sie irregegangen. Raff bog von seinem Wege ab und eilte ihr nach. Inzwischen entfernte sie sich immer mehr von der Eisenbahn. Endlich hatte er sie eingeholt. Sie hörte hinter sich Tritte und wandte sich um: da kam er auf sie zu. In ihrer Miene malte sich erzürnte Überraschung. Was wollte er hier? Wie durfte er ihr so nachstellen? Aber ehe sie noch ein Wort an ihn richten konnte – und gerade in diesem Augenblicke sprang wieder der Hund, ein junger

Dackel war es, vom Pfade ab – zog Raff den Hut und sagte: »Verzeihen Sie, daß ich Ihnen gefolgt! Sie haben den Weg verfehlt; die Eisenbahnstation liegt dort drüben!« Und er wies in die entgegengesetzte Richtung.

Sie sah ihn noch immer betroffen an.

»Wollten Sie denn nicht zum Bahnhofe, um Ihren Mann zu erwarten?«

Das entwaffnete sie und, beschämt, wußte sie nichts zu antworten. Nein, daran hatte sie nicht gedacht; sie war nur zufällig hier umhergeschlendert. Freilich, vor seiner Ankunft wollte sie zu Hause sein; aber warum bereitete sie ihm nicht diese Überraschung, die ihn gewiß sehr gefreut hätte?

Raff mochte erraten, was in ihr vorging, und, seinen Vorteil wahrnehmend, blickte er sie scharf an, während er fortfuhr: »Bei Gott, wenn ich mir nicht vorhielte, daß Sie doch gewiß eine treffliche Gattin sind, ich müßte glauben, Sie laufen ihrem Manne davon!«

Jetzt entgegnete sie verwirrt: »Ich hatte allerdings nicht die Absicht, ihn auf dem Bahnhofe zu erwarten, sondern wollte nur den Waldi spazieren führen.«

»Den Waldi!« rief er, unwillkürlich lächelnd, mit einem Blicke auf den Hund, der sich jetzt fest an die Füße seiner Herrin schmiegte. »Das ist ja etwas Neues. Ich sehe Sie zum erstenmal mit dem Tierlein. Also haben Sie sich diese liebe Sorge aufgeladen?«

»Wirklich eine Sorge; er folgt ja gar nicht. Immer wieder hält er mich auf, und ich muß doch vor Gustav zu Hause sein.«

»Ich begleite Sie!« sagte er, wieder eine ernste entschiedene Haltung annehmend. Jetzt gab auch er seinen Freund preis, um sein Opfer festzuhalten und die Stunde auszunützen. Überdies wäre er auch wahrscheinlich schon zu spät auf den Bahnhof gekommen.

Sie waren während dieses Gespräches einander gegenüber gestanden. Etwas in ihr empörte sich gegen ihn, und wenn sie ihm auch nichts erwiderte, so schien es doch, als wolle sie sich nicht vom Flecke rühren. »Nun, so gehen wir!« herrschte er sie fast an. »Der Weg bis ins Dorf ist noch ziemlich weit. Und Sie weisen mich doch nicht von sich? Ich habe ja auch mit Ihnen ein ernstes Wort zu reden.«

Sie setzte ihm keinen Widerstand mehr entgegen, und beide schritten nebeneinander auf dem Wege weiter, der zunächst in den hier das Tal einfassenden Wald und dann über eine mäßig hohe Berglehne nach Hause führte.

»Wissen Sie,« begann er nach einer Weile, »daß mir Gustav seit einiger Zeit geradezu ein Rätsel ist? Ich würde davon zu Ihnen nicht sprechen, wenn nur diese Rätselhaftigkeit nicht genau mit seiner Vermählung zusammenfiele. Da hab' ich auch bei ihm schon angepocht – wir sind ja gute Freunde – und ihn kurzweg gefragt: ›Bist du am Ende in deiner Ehe nicht glücklich‹ Und er? Obwohl er o ja! rief, stimmte mir doch seine Miene schlecht dazu, und er gab mir auch keinen anderen Grund an. Ich drang also weiter in ihn und – ich gesteh' es Ihnen – begann über Sie ein kritisches Examen. ›Ist sie etwa zu kalt gegen dich? Mir kommt das auch so vor. Aber sie liebt dich doch. Sonst hätte sie dich nicht genommen. Wie reim' ich das zusammen?‹ Er wiederholte nur immer: ›Sie ist ein Engel!‹ schwärmte von Ihnen und – ließ dabei den Kopf hängen. Ja, was ist das? dachte ich mir. Es muß doch hier etwas nicht in der Ordnung sein. Und nun frage ich Sie, und darum habe ich Sie festgehalten: Haben Sie nicht etwa ganz unabsichtlich Ihrem Manne etwas angetan, was ihn kränken muß? Erforschen Sie Ihr Gewissen!«

Frau Eldrich fühlte sich von dieser Rede arg bedrängt. Aber da half ihr ihr Dackel über den peinlichen Augenblick hinweg. Er war wieder stehen geblieben und wollte nicht vorwärts. Sie hob auf, gab ihm einige leichte Schläge mit der Hand, streichelte ihn jedoch gleich darauf, wie um ihn zu beschwichtigen, und sagte zu ihm: »Du Unerzogener, wann wirst du endlich brav sein?« Dabei drückte sie ihn fest an sich.

Raff hielt neben ihr an und lächelte wieder.

»Sie lachen mich aus.«

»Nein, ich denke mir nur, was da – übrigens bin ich kein Hundefeind – Liebe und Sorge an einen Dackel verschwendet wird. Um wieviel schöner wird es sein, wenn Sie einmal ein Kinderl so an der Brust wiegen.«

Frau Eldrich errötete bis unter die Haarwurzeln und hätte fast ihren Liebling zu Boden fallen gelassen. Raff aber fand sich nur um diesen

Preis mit der Unterbrechung seiner Rede ab und sagte jetzt, da sie weiter gingen: »Sie sind mir noch immer eine Antwort auf meine Frage schuldig.«

Was war ihr nur? Sie wollte sich gegen die Art, mit welcher er in ihr Innerstes drang, auflehnen und vermochte ihn doch nicht gebührend zurückzuweisen. Nach einer kurzen Regung des Zornes überkam sie vielmehr geradezu ein Gefühl der Demut und sie entgegnete: »Ich kann Ihnen nichts anderes sagen, als daß ich die ernsteste Absicht habe, meinen Mann glücklich zu machen. Ich weiß, welche Pflicht ich auf mich nahm, als ich ihm am Altare gelobte, durchs ganze Leben treu mit ihm verbunden zu sein.«

»Dann, dann –« sagte er mit einem gemachten Humor, »will ich über meinen Freund herfallen. Was hat er denn? Warum macht er den ganzen Tag ein so trübseliges Gesicht? Eine solche Frau zu besitzen! Na, warten Sie, dem les' ich die Leviten!«

»Nein, nein!« fiel sie ein. »Er kann ja trotzdem Anlaß haben, mit mir unzufrieden zu sein.«

Da fuhr er fort: »Weiß der Himmel, was alles so ein verliebter junger Ehemann seinem Weiblein schief nimmt! Gerade in der allerletzten Zeit fällt mir sein Wesen besonders auf. Haben Sie den Dackel schon lange? Vielleicht ist er gar eifersüchtig, wenn Sie das Tier hätscheln und herzen. Er mag glauben, das geht auf seine Kosten. Aber Sie werden doch genug Zärtlichkeiten für ihn übrig haben. Und wenn nicht, warum rührt er sich nicht? Warum sagt er Ihnen nicht, was ihn drückt?« fügte er wieder mit einem Blitze aus seinem Auge bei. »Der Mann kann ja doch sein Recht in der Ehe immer durchsetzen, so oder so, biegen oder brechen! Nichts jämmerlicher als der Anblick eines solchen stillen Dulders. Wenn ich meinen Gustel im Bureau ganz in sich zusammengesunken neben mir sehe, möchte ich ihn oft plötzlich anfahren und ihm meine Freundschaft kündigen. Wo immer das Übel liegen mag, er soll sich aufraffen und sich selbst helfen. Die ich je heimführe – vielleicht ist übrigens jede so klug, es nicht dazu kommen zu lassen – von der fordere ich in der Liebe volle Hingebung und Unterwerfung; dafür soll sie aber auch, wenn sie im Leben des Schutzes und der Stütze bedarf, stets ganz auf mich zählen können.« Seine Stimme war immer lauter und entschiedener geworden, so daß sie jetzt ganz verschüchtert zu ihm aufsah.

Der Mann hatte über sie sichtlich von Minute zu Minute mehr Macht gewonnen. Wie deutsam, wie beziehungsreich war auch so vieles für sie, was er gesprochen! Sie mußte erstaunen und fand nun vollends kein Wörtlein der Abwehr mehr gegen seinen Ansturm, vielmehr hafteten besonders seine letzten Worte tief in ihrem Innern.

Um nicht fortwährend gestört zu werden, trug sie jetzt ihren Dackel auf den Armen. So ging sie neben Raff, das Haupt gesenkt, sich immer mehr in ihre Gedanken verlierend. Inzwischen waren sie in den Wald eingetreten und, nur ganz mit sich selbst beschäftigt, schlug sie bei einer Teilung des Weges eine falsche Richtung ein. Er merkte das, machte sie aber nicht darauf aufmerksam. Je länger er sie haben konnte, desto besser. Sie schien ihm jetzt schon ziemlich mürbe; vielleicht kriegte er sie noch ganz unter.

Eine Weile schwiegen beide. Und jetzt wurde ihr der Hund doch zu schwer; sie setzte ihn wieder nieder. Aber kaum hatte sie es getan, als er sich auch schon mit einem durchdringenden Gekläff losriß und, die Leine hinter sich nachziehend, in das Dickicht neben dem Pfade rannte.

»Aha, in dem regt sich schon der Jagdtrieb. Sehen Sie, dort verfolgt er ein Häslein!« rief Raff, während er mit der Hand seitwärts in die Höhe deutete.

»Was tu' ich jetzt, um des Himmels willen?« Und sie starrte ganz verzweifelt ihrem Dackel nach.

»Er kommt schon wieder zurück,« entgegnete er. »Jetzt hat er noch nicht die Geschwindigkeit und auch nicht die Ausdauer, um seine Beute zu erhaschen. Wenn nur kein Forstmann in der Nähe ist! Der knallt ihn ohne Erbarmen nieder.«

Da schrie sie aus Leibeskräften händeringend: »Waldi! Waldi!«

Der so flehentlich Gerufene verschwand jedoch im selben Augenblicke hinter einer Erhebung des Bodens. Raff lief ihm nach und war auch bald unsichtbar. Sie harrte in zitternder Erregung. Endlich erschien Raff wieder auf der Höhe mit Waldi, den er am Genicke gefaßt hatte und in der Luft baumeln ließ.

Frau Eldrich stürzte ihm entgegen und riß ihm ordentlich den Hund, der schwer keuchte und die Zunge heraushängen ließ, aus der Hand.

»Hab' ich dich wieder? Was war das für eine Angst!« Und sie konnte ihn nicht genug herzen.

Unglaublich! dachte Raff. Mit welcher Leidenschaft sie an dem Tiere hängt, und –! Dann sagte er: »Sehen Sie, um das, was man liebt, muß man auch Schmerzen ertragen können. – Halten Sie jetzt die Leine nur recht fest; seine Nase könnte wieder Wild wittern.«

»Nein! Ich trag' ihn, sonst kommt er mir wieder ans.«

»Aber das strengt Sie zu stark an. Geben Sie ihn mir!«

Nicht ohne Widerstreben überließ sie ihm Waldi, den er nun auf seinen Arm nahm.

Aber da sie jetzt um sich blickte, erschrak sie aufs neue. Der Pfad war plötzlich ganz schmal geworden und wies kaum mehr Spuren von Tritten.

»Wir haben uns verirrt. Das ist nicht der rechte Weg!«

»Ja, ich sah es jetzt auch. Das heißt, hier kommen wir nur auf einem großen Umwege nach Hause. Umzukehren, hielte uns aber noch länger auf. Also weiter: Ich kenn' mich aus und führe Sie.«

»Am Ende ist Gustav früher daheim?« fragte sie bestürzt.

»Das ist nahezu gewiß, da wir ja doch nicht laufen können. Wir haben viel Zeit verloren.«

»Nein! nein! nein! Er kommt nach Hause, und ich bin nicht da!« – Immer beklemmender drang ihr das Blut zu Herzen. Wie konnte sie so gedankenlos sein? Hatte sie denn nicht die Trennung von ihrem Manne – es war die erste – schon recht bang empfunden? Mit einem anderen hier umherzuschlendern, statt ihn liebevoll zu erwarten! Und warum war es überhaupt zwischen ihr und diesem anderen so weit gekommen? Woher nahm er die Macht, sie so einzuspinnen? Es war ihr, als hätte sie gegen ihren Gustav eine Untreue begangen.

Raff bemerkte mit großer Genugtuung ihre Bedrängnis. Ja, sie ist nicht kalt und unempfindlich und liebt ihren Mann! sagte er zu sich.

Sie waren mit beschleunigtem Schritte weitergegangen. Wieder schwiegen sie, und über ihre Wangen rollten Tränentropfen. Sie schien von einem tiefen Schmerze erfaßt. Der mochte sie auch zur Eile antreiben. Raff hatte Mühe, ihr zu folgen.

»Nicht allzuschnell! Sie sollen nicht Schaden nehmen,« ermahnte er sie endlich. »Gustav wird ja wohl Nachsicht üben. Ist er doch so gut. Und einen Vorwurf macht er Ihnen schon gar nicht, tut's ihm auch weh.«

Aber auf diese Worte hätte sie erst recht fliegen mögen. War es etwa seine Absicht, sie ein bißchen zu quälen, im Fegefeuer zu läutern?

Da standen sie nun am Waldesrande auf der Kuppe eines Hügels. Von hier fiel eine Wiese ziemlich steil in das Tal ab. Unten lag die Straße, die zum Dorfe führte.

»Nun gilt's, da gradaus hinabzusteigen,« sagte er. Er gab ihr die eine Hand, um ihr zu helfen, und hielt mit der anderen Waldi fest an die Brust gedrückt.

Zur selben Zeit gingen unten mehrere Bekannte vorüber, ein Werkführer aus der Fabrik, der Dorfarzt, der Schmied und andere. Sie sahen überrascht auf. Was war das für ein Anblick! Herr Raff, der als ein starker Herzensbezwinger bekannt war, mit Frau Eldrich, die als unnahbar galt, vereint da oben! Und ihr Hündchen auf seinem Arme! Wenn sie sich auch der ganzen böswilligen Auslegung, die dieses Bild zuließ, nicht bewußt wurde, so hätte sie doch in den Boden versinken mögen. Sie so hier, während ihr Mann wohl schon zu Hause war und sie unruhig suchte! Und vielleicht läuft ihm in den nächsten Minuten der Doktor in den Weg und ruft ihm zu: »Schon wieder daheim? Ihre Frau habe ich soeben da draußen mit Herrn Raff gesehen. Hat sie denn nicht gewußt, daß Sie heute zurückkehren?« – Ihr wollte das Herz zerspringen, und die Tränen brachen im vollen Strome aus ihren Augen. Ach, wie schuldig fühlte sie sich!

Jetzt hatten sie das Tal erreicht. Aber da floß zwischen dem Bergeshang und der Straße ein Bächlein, das gerade heute mehr Wasser führte. Raff hätte es trotzdem mit einem Anlaufe leicht übersetzt; für sie war es ein entschiedenes Hindernis.

»Verwünscht!« rief er und forschte aufwärts und abwärts, um vielleicht eine günstigere Stelle zum Übergange zu finden. Ja, da lag mitten im Bache ein großer, oben flacher Stein, den man mit Absicht hingewälzt haben mochte. Raff hielt den Dackel Frau Eldrich hin: »Nehmen Sie den Bösewicht!«

Sie tat es.

Nun sprang er auf den Stein, neigte sich zu der am Bachrande stehenden Frau, faßte sie ohne Umstände um den Leib und hob sie mit einem starken Schwunge im Bogen von dem einen Ufer zum anderen, wobei er sie – mußte es sein? – so fest an sich drückte, daß der zwischen ihnen eingeklemmte Waldi laut quietschte.

Sie schrak zusammen. Jetzt nur schnell fort von ihm! »Ich danke,« stammelte sie. »Sie gehen gewiß ins Eisenwerk? Wir trennen uns also.« Und sie wollte gegen das Dorf weiter.

Er aber hielt sie an der Hand fest. Zwar war es, obwohl er zur Stunde im Eisenwerke gar nichts zu tun hatte, auch seine Absicht, sie jetzt sich selbst zu überlassen; doch sollte sie noch ein letztes Wörtlein mit auf den Weg nehmen. Sie recht nahe zu sich heranziehend, sagte er zu ihr mit einem ganz unbeschreiblichen Blicke, in dem etwas streng Gebietendes und zugleich weich Schmachtendes lag: »Noch einen Augenblick! Wär' ich Ihr Mann – und, wahrhaftig, keinem anderen als meinem Gustel hätte ich Sie gegönnt – ich wüßte mir aus Ihrem argen Versäumnis meinen Vorteil herauszuschlagen; Sie müßten, wenn ich Sie wieder habe, zur Strafe« – jetzt nahm seine Miene einen schlauen Zug an, während sein Auge blinzelte – »Sie müßten, wie schwer es Ihnen ankäme, gegen mich doppelt hingebend und zärtlich sein. So! Grüßen Sie mir schönstens Freund Eldrich. Ich beklag' es auch, daß ich ihn nicht empfangen konnte. Heute darf man Euch wohl nicht mehr ins Haus fallen. Aber morgen im Amte muß er mir viel erzählen.« Endlich ließ er sie los und schlug den Weg zum Eisenwerke ein.

Wie sie nun eilte, während sie, mächtig erregt und ganz verwirrt, mit all dem, was sie in dieser Stunde durchlebt, zurechtzukommen trachtete! –

Richtig, ihr Mann war schon zurück. Als sie sich ihrem Hause näherte, sah sie am Fenster sein Gesicht. Jetzt trat er heraus und kam ihr durch den Garten entgegen.

»Bist du schon lange da?« fragte sie atemlos. Zugleich ließ sie den Dackel laufen, der bei der offengebliebenen Tür ins Haus schlüpfte.

»Etwa ein halbes Stündchen.« Dabei küßte er sie, wie er gewöhnlich pflegte, auf die Stirn; sie machte aber diesmal eine unwillkürliche Bewegung, als wollte sie ihm die Lippen reichen, während ihre Hand, die er in der seinen hielt, zuckte.

»Verzeih! Ich hätte dich erwarten sollen. Ein unglücklicher Zufall –«
Und sie schluchzte fast.

»Um Gott, was ist dir geschehen? Du bist ja ganz aufgeregt.«

»Davon will ich dir später erzählen.«

Er blickte ihr voll liebender Sorge ins Gesicht. »Mir scheint gar, du hast geweint. Regina, was ist's? Du versetzest mich in Angst.«

»O, wenn du nur nicht böse bist!«

»Böse! Was fällt dir ein!«

»Du warst drei Tage fort, und bei der Heimkehr findest du das Haus leer. Hast du mir deshalb telegraphiert?«

»Nun, jetzt hab' ich dich aber; damit ist alles gut.«

Sie gingen Hand in Hand hinein.

Eldrich, schon über den so bewegten Empfang, der ihm geworden, erstaunt, verwunderte sich nun immer mehr. Gewiß war Regina stets die sanfteste und verträglichste Frau; jetzt entwickelte sich aber in ihr eine von Minute zu Minute steigende warme Zutraulichkeit, die er an ihr sonst nur allzuschmerzlich vermißte. Und sie machte sich auch gleich daran, für ein gutes Mahl zu sorgen. – Dann saßen sie zusammen bei Tische. Oft blickte sie ihn lange gar lieblich an. Leidet er wirklich so viel? ging es durch ihre Gedanken. Und ich hab' es gar nicht gemerkt! Frag' ich ihn?

Er aber war schon glücklich, daß sie sich so liebevoll um ihn beschäftigte. Und als sie ihn jetzt wieder eine Weile sinnend ansah, fragte er sie lächelnd: »Was denkst du denn?«

Auch sie lächelte. »Soll ich dir's sagen?«

»Freilich, freilich!«

»Nein, du mußt es erraten!« Sie sprach es, leise errötend, und erinnerte sich, wie sie ihn damals, als er sich mit seiner Werbung nicht herauswagte, fragte: »Soll ich es erraten?«

Ja, war denn seine Frau heute ganz ausgewechselt? Zuerst die Trostlose und jetzt ein Schelm, der ihn zu necken schien! Aber wie er auch sann, seine liebe Einfalt erriet nichts.

Erst später, später – da blitzte ihm plötzlich eine namenlos beseligende Erkenntnis auf. Als sie sich trennen sollten, um zur Ruhe zu gehen, umarmte und küßte sie ihn.

O, was war das für ein Kuß! Einen solchen hatte er noch nie von einem Weibe empfangen und noch nie einem Weibe gegeben.

Den anderen Tag kam Eldrich etwas verspätet ins Bureau. Er verspätete sich sonst nie. Dabei strahlte seine Miene. Raff, der schon da war, wußte gleich beim ersten Blicke auf den Eintretenden, wie alles stand.

Er drückte Eldrich warm die Hand. »Also glücklich zurück! Und bist du jetzt getröstet, daß du gestern bei deiner Ankunft weder die Frau noch den Freund getroffen? Die waren anderswo; aber es hat sein müssen.«

»Ja, sie hat es mir gesagt.«

»Ich habe deine Frau so lange im Zickzack herumgeführt, damit sie um so sicherer den Weg zu dir findet.«

Eldrich, tief gerührt und verlegen, warf sich nur, ohne mehr ein Wort zu sprechen, seinem Freunde an die Brust.

Da rief dieser: »Gustel, ich habe eine Riesenfreude! Wahrhaftig, wenn ich mir selbst ein prächtiges Weiblein erobert hätte, sie könnte nicht größer sein. Und raunt dir etwa einer ins Ohr, ich mache mich zu stark an deine Frau und bin dir gefährlich, so wissen wir beide das besser.« – Jetzt stellte er sich stramm vor Eldrich hin und sprach hochtönend mit einem mühsam verhaltenen Lachen: »König Gunter, dich grüßt dein Freund und Helfer, der Balmungschwinger Siegfried!« Dann fügte er bei: »Nun, paßt das nicht? Wenngleich wir mit diesen Gestalten nichts anderes gemein haben als die Anfangsbuchstaben unserer Namen – und das ist ein artiger Zufall – so hat sich doch, was sich der Sage nach zwischen diesen zweien begeben, auch zwischen uns abgespielt, nur in anderer Weise.

Zur Bewältigung deiner Brunhilde bedurfte es keiner Zauberkünste, und mich braucht kein Hagen zu richten; vielmehr klingt alles harmonisch aus. – Heute müssen wir noch eine Flasche Sekt zusammen leeren auf das Blühen und Gedeihen deiner Ehe.

Und ist dein erster Sprößling ein Knäblein, so trag' ich mich schon jetzt selbst zum Taufpaten an!«